Francois

COUPERIN

MASS FOR THE CONVENTS

FOR ORGAN

K 03315

Kalmus

[MESSE POUR LES CONVENTS.]

[I] Plein jeu.

Premier Couplet du Kyrie.

[Petit Plein Jeu.]

[II] Fugue sur la Trompette.

2e Couplet du Kyrie.

[G.O.: Bourdon 8, Prestant 4, Trompette.]

25
30
35
40

[III] Recit de Chromhorne.

[G.O.: Bourdon 8.
P.: Cromorne.]

25
30
35
40
45

[IV] Trio a 2 dessus de Chromhorne et la basse de Tierce.

4e Couplet du Kyrie.

[G.O.: Bourdon 8, Doublette, Nasard, Tierce.]
[P.: Cromorne.]

30
35
40
45
50
55
60
65
FIN

[V] Dialogue

SUR LA TROMPETTE DU GRAND CLAVIER, ET SUR LA MONTRE, LE BOURDON ET LE NAZARD DU POSITIF.

5e et dernier Couplet du Kyrie.

[P.: Bourdon 8, Montre 4, Nasard.
G.O.: Trompette.]

[Positif.]
[Trompette.]
[Trompette.]
[Positif.]
Positif.
Les 2 mains
Trompette.
sur la trompette.

[VI] Plein jeu.

Premier Couplet du Gloria.

[Grand Plein Jeu.]

[VII] Petitte fugue sur le Chromhorne.

2e Couplet.

[P.: Cromorne (Tierce ad lib.)]

[VIII] Duo sur les Tierces.

3e Couplet.

[G.O.: Bourdon 8, Flûte 4, Doublette, Nasard, Tierce.]
[P.: Bourdon 8, Nasard, Tierce.]

30
35
40
45
50

[IX] Basse de Trompette.

4e Couplet.

[G. O.: Trompette, Prestant 4.]
[P.: Bourdon 8, Montre 4.]

30
35
40
45
50
55
FIN

[X] Chromhorne sur la Taille.

5e Couplet.

P.: Cromorne.
G.O.: Bourdon 8, Prestant 4.
Péd.: Flûte 8.

[XI] Dialogue sur la Voix humaine.

6e Couplet.

[G.O.: Voix humaine, Bourdon 8.
P.: Bourdon 8.
Tremblant doux.]

35
Voix humaine.
Jeu doux.
Jeu doux.
Voix hum.
40
Jeu doux.
Voix hum.
Jeu doux.
Voix hum.
45
Les 2 mains sur la Voix humaine.
50
55

[XII] Trio.

LES DESSUS SUR LA TIERCE ET LA BASSE SUR LA TROMPETTE.

7e Couplet.

[G.O.: Trompette.
P.: Cornet décomposé.]

[XIII] Recit de tierce.

8e Couplet.

[G.O.: Bourdon 8, Flûte 4.
P.: Bourdon 8, Nasard, Doublette, Tierce.]

30
35
40
45
50
FIN

[XIV] Dialogue sur les grands jeux.

Dernier Couplet.

[P.: Cromorne, Montre 4, Cornet.
G O.: Montre 8, Bourdon 16, Prestant 4, Doublette, Cornet, Trompette.]

[Grand Clavier.]

[XV] Offertoire sur les grands jeux.

[G.O.: Montre 8, Prestant 4, Doublette 2, Plein Jeu, Cornet, Trompette.
P.: Bourdon 8, Prestant 4, Nasard, Tierce, Cromorne.]

[Grand Clavier.]
[Positif.]

[Positif.]
[Grand Clavier.]
75
80
85
Les 2 mains sur le Grand Clavier.
90
Positif.
95
Grand Clavier.
100
[P.: Bourdon 8, Prestant 4.]
105
Positif.

Grand Clavier.
[Montre 8. Prestant 4.]

[Grand Jeu précédent à chaque clavier.]
Positif.
160
165
Grand Clavier.
170
175
180
185

190
Positif.
195
G.C.
Positif.
G.C.
P.
G.C.
P.
G.C.
200
205
Positif.
Lentement.
[G.O.-P.]
Grand Clavier.
210
215
FIN

[XVI] Premier Couplet du Sanctus.

Plein jeu.

[XVII] Recit de Cornet.

2e Couplet.

[P.: Bourdon 8, Flûte 4.
G.O.: Cornet composé.]

[XVIII] Elevation.

Tierce en Taille.

P.: Bourdon 8, Prestant 4.
G.O.: Cornet décomposé.
Péd.: Flûte 8.

15
20

25
30
35

[XIX] Agnus.

Plein jeu.

[Petit Plein Jeu.]

[XX] Dialogue sur les grands jeux.

et

Dernier Couplet d'Agnus Dei.

[G.O.: Montre 8, Prestant 4, Cornet décomposé, Trompette.
P.: Bourdon 8, Montre 4, Doublette, Nasard, Tierce, Cromorne.]

25
Les 2 mains sur le G.C.
30
35
40
45

[XXI] Deo Gratias.

Petit plein jeu.

Kalmus